开普勒62号

[挪威]比约恩·肖特兰德 著 [芬兰]帕西·皮特卡能 绘 王皓雪 译

4

先 行 者

GUANGXI NORMAL UNIVERSITY PRESS
广西师范大学出版社
·桂林·

XIANXINGZHE
先行者

出版统筹：汤文辉　　责任编辑：王芝楠
品牌总监：耿　磊　　美术编辑：刘冬敏
选题策划：耿　磊　王芝楠　　营销编辑：董　薇
责任技编：王增元　郭　鹏　　版权联络：郭晓晨　张立飞

著作权合同登记号桂图登字：20-2019-151 号

图书在版编目（CIP）数据

先行者 /（挪）比约恩·肖特兰德著；（芬）帕西·皮特卡能绘；王皓雪译. —桂林：广西师范大学出版社，2021.3
（开普勒 62 号；4）
ISBN 978-7-5598-3553-6

Ⅰ. ①先… Ⅱ. ①比… ②帕… ③王… Ⅲ. ①儿童小说—幻想小说—挪威—现代 Ⅳ. ①I533.84

中国版本图书馆 CIP 数据核字（2021）第 006818 号

广西师范大学出版社出版发行
（广西桂林市五里店路 9 号　邮政编码：541004
网址：http://www.bbtpress.com）
出版人：黄轩庄
全国新华书店经销
保定市中画美凯印刷有限公司印刷
（河北省保定市西三环 1566 号　邮政编码：071000）
开本：880 mm × 1 240 mm　1/32
印张：4.25　　字数：80 千字
2021 年 3 月第 1 版　　2021 年 3 月第 1 次印刷
定价：45.00 元

如发现印装质量问题，影响阅读，请与出版社发行部门联系调换。

开普勒62号

先行者

开普勒

62号

先行者

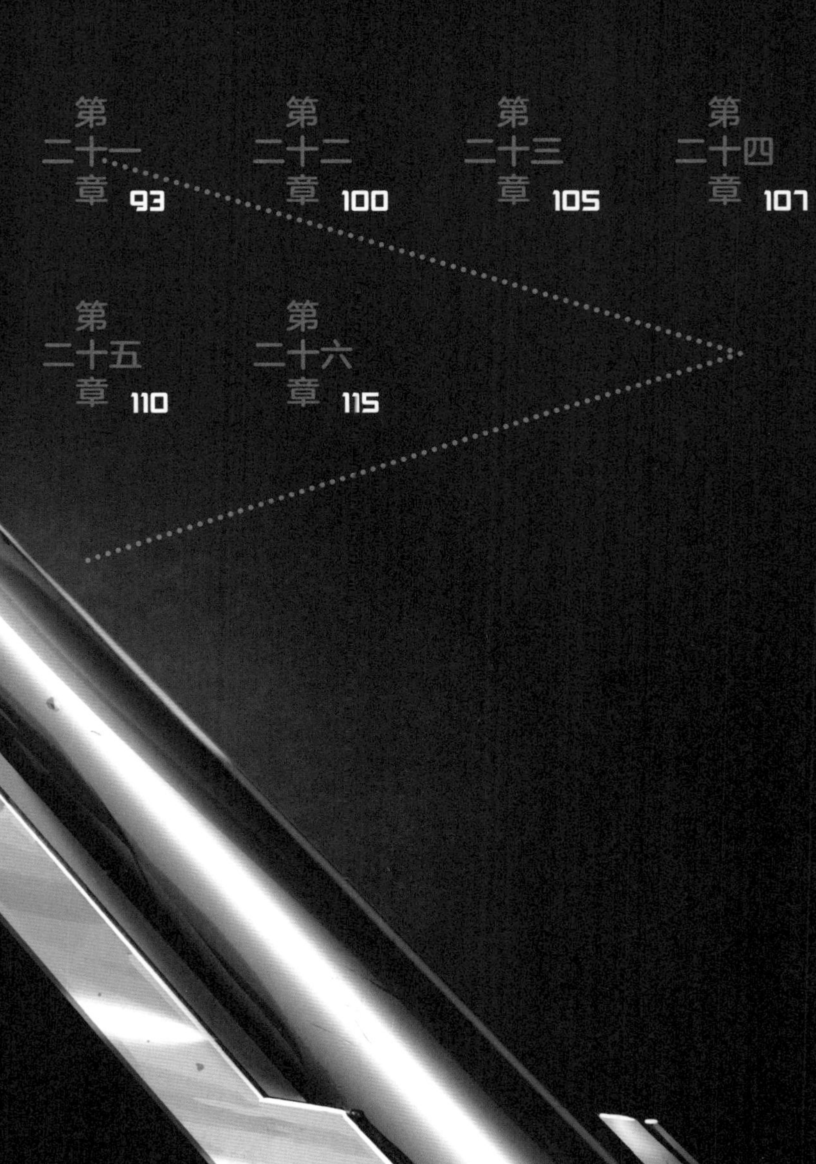

第一章

“快醒醒！”我叫阿里。

“嗯……”阿里嘟囔着，“玛丽？”

“对，是我。我们就要到了。”

“什么？真的？”

阿里看上去惊讶得像是被电击了一样。我猜我们在穿过虫洞到达这里的时候肯定全都晕过去了。我只记得周围一片漆黑，零星有几次亮光，之后一切都又归于黑暗。

我眼中满是泪水，所以看得并不清楚。这双眼睛在黑暗中太久了。快乐的泪水来得很少，我不舍得马上把它们擦去。

看来我是第一个醒的。透过窗户能看到外面蓝绿色的光。在此之前我们宇宙飞船的窗外从来都只是无边无际的黑暗。

现在一切都变了。蓝色和绿色是世界上最美丽的颜色，因为它们昭示着生命的希望。

“不管怎么样，阿里，我们都是第一个。”我悄悄说，“我们是历史上第一批着陆在太阳系之外的行星上的人类。”

其实可能不用小声说话，可现在我就觉得必须悄悄说才行。我们从地球出发，走了 1200 光年的旅程，经历了失重、肌肉萎缩、人工昏迷，穿过了小行星群，又穿过了虫洞。现在我们终于到达了这里，这个我们将要生活一辈子的地方。

飞船现在速度依然很快，但是我们感觉像是处在电影慢镜头中一样：我们的飞船就像是飘在星球上方，降落得非常缓慢，甚至好像要用整整一个夏天。飞船的电动帆像雨伞一样张开，在向开普勒 62e 星球降落的过程中为我们减速。

“嗯……”阿里又嘟囔了一会儿，然后坐了起来，“还远吗？”

我差点被他逗笑了。阿里就像坐在车上问妈妈什么时候到家的小孩子一样。只是我们的飞船上没有妈妈，只有三个孩子，以及奥利维亚。我们也不是在车上，而是在宇宙飞船上，更准确地说，是在和当年哥伦布航行时所乘的船同名的圣玛利亚号宇宙飞船上。

圣玛利亚号用它巨大的电动帆把我们一路载到了这里。阿里曾经试着向我解释过这艘飞船的原理，但那些理论就像外语一样难懂。

我们最初从 51 区出发飞到国际空间站 ISS4 号，然后又从空间站出发，经过了漫长的旅途到达了这个还从来没有人类来过的地方。经历了这一切，阿里一定很累。我自己也不明白我们怎么能到达这么远的地方，大概是因为圣玛利亚号的航行速度太快了，以至于时间比在地球上要相对慢一些…… 或者是还有别的什么原因？我还想不明白这些事，但我知道，地球上所有我们认识的人现在一定都死了。其实我认识的人也不算多，只有爸爸、我们家的仆人马格达和阿尔弗雷德，以及飞行员吉姆和杰夫，还有一个叫埃里克的男孩。我本希望埃里克能喜欢我的，但不幸未能如愿。我知道想到这些事人一般会心碎，但从小时候妈妈离世之后，我的感觉就似乎非常迟钝。

出发的时候一共有三艘飞船：圣玛利亚号、尼尼亚号和平塔号。每艘船上都有四个人。人们叫我们英雄，说我们是人类的希望和未来。阿里也跟我说过，说总统玛丽·康德威还表扬过我们。可惜她的讲话我没听到，因为那时候我已经

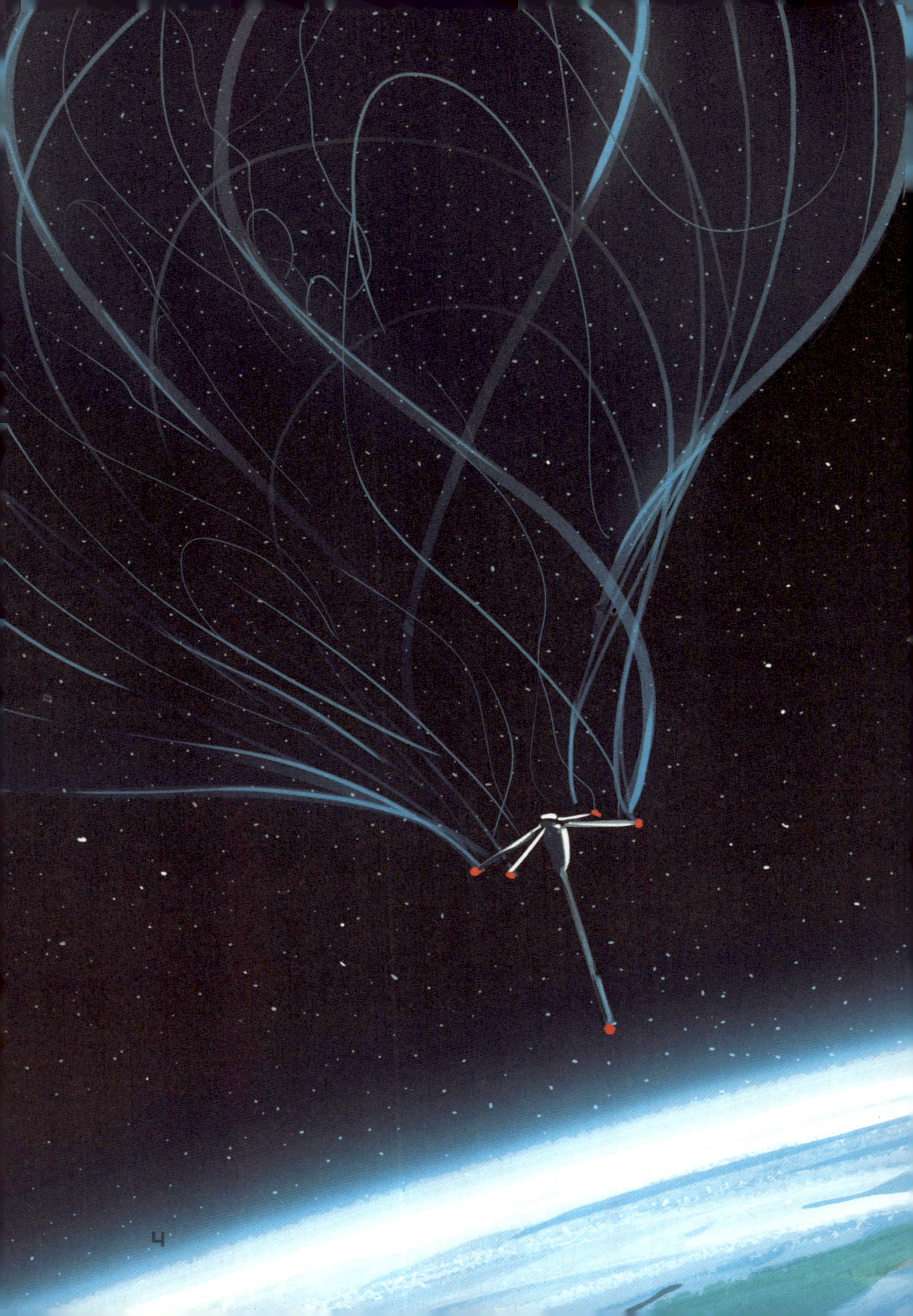

被药物迷晕，进入了人工昏迷状态。总统和我有一样的名字，但我觉得除了名字之外，我们恐怕没有任何相似的地方。

不幸的是，尼尼亚号宇宙飞船并没能安全完成这段旅行，它不幸被一颗小行星击中爆炸了。来自德国的乌里、法国的米莱、印度的维卡尔，以及阿根廷的朱利奥都死了。虽然这事可怕至极，但其实我并不太为他们忧伤，这也让我更不喜欢自己。我甚至都没来得及熟悉他们。

现在我们还剩下八个人：阿里、乔尼、奥利维亚，还有我——玛丽。敏俊、丽萨、斯温特莱纳和阿尔伯特在平塔号飞船上，在我们的飞船后面不远处跟着我们。斯温特莱纳个子高挑，长相可爱。在51区的时候阿里盯着她看了好久，这让我心里有一点点失落。至少我心里觉得他看了很久。

有一只暖和的小手拉住了我的手，我低头看见了阿里的弟弟乔尼。他也醒了。他的眼睛就像镜子一样闪着光，但他看上去也很累。从他的手的温度判断，他的烧还没退。

“我们降落之后就得马上着手把简易宿舍房建起来。”阿里说。

“希望我们可以直接呼吸那里的空气，另外，别一落地就被不明外星生物射中死掉了。”乔尼说。

“航线正确，”一个冷冰冰的声音说道，“准备降落。在飞船停稳之前，我留在驾驶舱里。”

奥利维亚的声音在扬声器里沙沙作响。听起来她并不怎么高兴。虽然她能保持冷静的职业素养非常厉害，但是我们经历了漫长的旅程，在人类历史上第一次降落在开普勒 62e 星球上，就为了这一点她至少也应该表现得兴奋些。可是毫不夸张地说，她现在给我们的感觉恰恰相反。

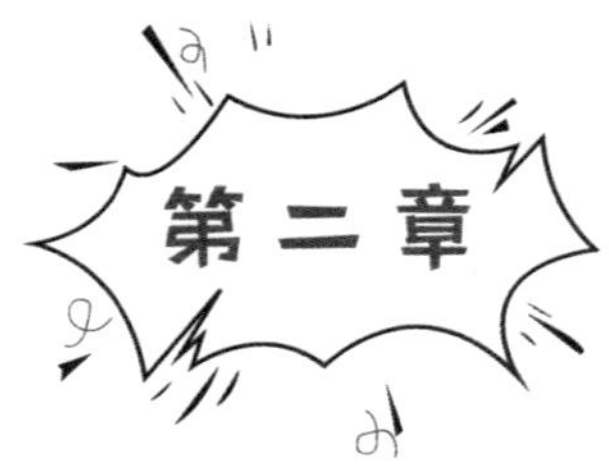

第二章

因为在我们头上展开着一个伞状电动帆，我们轻轻地降落在了开普勒 62e 星球上。飞船在着陆之后晃动了几秒，然后就停稳了。

我们几个你看看我，我看看你。我发现阿里和乔尼根本不理解这次降落是人类历史上怎样伟大的成就。

震动停止了之后，四周一片寂静。

奥利维亚肯定是把所有的风扇和电子设备都关掉了。整个旅途当中我们一直听着这些机器的蜂鸣声，已经不记得安静是什么样的了。

虽然我也知道我们再也不能从这儿出发去别的地方了，可是看着我们的飞船都保存完好，我心里还是很高兴。

“你们想想，在我出生之前就已经有人登上月球了。从地球到月球可只有几天的路程。”乔尼说，“现在我们降落在了离地球 1200 光年的星球上。这种时刻不说些值得纪念的话怎么行呢！”

“我们的一小步，人类的一大步。”我说。并没有人笑。

“都把宇航服穿上，打开压力和供氧装置。仪表显示这里的大气中含有氧气，但是不一定够。另外，从冰箱里拿点功能饮料喝，现在是用到它们的时候了。”

阿里给我们拿来了几瓶功能饮料。这饮料里面不知道有多少好东西，喝了之后立刻觉得精力充沛。

“干杯！”我说，“现在出发去探索新的星球吧！我已经准备好了！”

“好。”奥利维亚说。她走到我们中间，身上已经穿好了宇航服。

“外面的陆地看起来很结实，气压和温度也都合适。”奥利维亚在我们忙着穿宇航服的时候说。穿脱宇航服我们已经练习了上千次，现在哪怕是小乔尼也能自己穿好。

“还有什么问题吗？没有的话我们就出发吧！加油！”

奥利维亚听上去就好像我的体育老师一样。好在以前我并没有在学校待得太久，不久之后我爸就给我请了家庭教师，不让我去上学了。现在看来，奥利维亚大概会是我们一辈子的指挥官。

加油！我们互相看看。奥利维亚把头盔上的护目镜戴好，走到门边转动了扳手。“嘶——”

转眼之间我们就站在了短小的气闸里。现在我们面前就是走向新世界之前的最后一扇门了。

奥利维亚把我们刚刚走过的飞船内部的门关好，然后我们一起慢慢走向最终的这扇通往新生活的大门。我们一个个把护目镜戴好。这种时刻没有人有心要开玩笑。奥利维亚扭动了巨大的红色扳手——门开了。

光打在我们脸上，透过护目镜几乎是一片耀眼的橙色，那么亮，有一刻我们几乎什么都看不到。

我们颤颤巍巍地走下了舱门口的台阶。在整个旅途中我们虽然都用器械运动训练，但是在人工昏迷的过程中还是损失了大量的肌肉；我们的器官也都很虚弱，胃现在只能消化液态的食物。

最终我们站在了草原上。在距离地球 1200 光年的星球上居然有这样一片翠绿的草原！

看到奥利维亚打开头盔上的护目镜，我的心脏狂跳不止。有足足半秒的时间我都在担心她会因为低气压而爆炸，或者因为缺氧把脸憋变色。可过了一会儿，她看上去还是完全正常。

“你们也可以把护目镜打开了。”头盔里的无线电传来奥利维亚沙沙的声音，“环境很好，射线也在安全范围之内。无论你们信不信，因为虫洞的原因，我们现在和地球上的时间还基本保持一致！”

哼！原来地球上还有人活着。

我把护目镜打开了。

光很亮，但其实并不刺眼。

映入眼帘的是大片的草原，远处山坡上有一片森林，或者类似森林的一片外星物种。更远处是一片群山，群山之上则是湛蓝的天空！

这里的空气凉爽清新，就像挪威的初夏一样。现在这个星球上是初夏吗？还是秋天？这里是不是也和地球一样有四季变化？虽然现在和地球是一样的时间，但是现在具体是几点呢？我们要从现在开始计时吗？

我吸了一口气，忍不住哭了。唉，又哭了。我肯定是全世界最爱哭的宇航员。

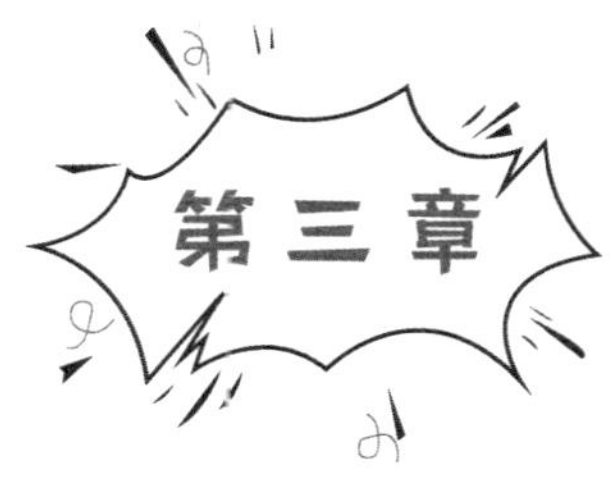

几套宇航服被丢在了草地上，静静地晒着太阳。

只穿着薄薄的贴身连体衣就可以在外面自由地行走，这种感觉真是太好了！

出发之前我们用了无数时间练习宇航服的穿脱，但现在看来，说不定我们再也不用穿这些宇航服了。

之前我们做了各种各样的训练，为能想象到的所有突发情况都做了准备。我们害怕开普勒 62e 星球像火一样热，表面布满红色的沙子，没有氧气，更没有生命。可是现在我们周围绿意盎然，生机勃勃。我们已经在另一个世界里了，这是一个崭新的世界，一个不像火星一样干枯荒芜的世界。这个星球上一定有水，这里有各式各样的树，甚至还有花。这个星球一定是适宜种植的。

在这么适宜的环境中如果没有生命的进化可就很奇怪了，但也不是不可能的。听说在人类到达冰岛之前，那个岛就像生命的沙漠。这个星球上无论如何也应该有鸟，至少应该有昆虫吧?

不管怎么说，我完全没有想到即将到达的地方会是这样的环境。我是被药物迷晕之后不明不白地被放进宇宙飞船当中送到这里来的，来的路上还有一艘飞船已经损毁了，但我现在还是很高兴，很兴奋。不知在开普勒 62e 这颗星球上能找到什么呢?

“拿着，”奥利维亚说着塞给了我一把手枪，“保险起见。”

给我手枪做什么?

冰冷的金属放在手上让我心神不安，手枪出现在此刻的场景当中显得格外不合时宜。发觉阿里和乔尼正瞪大眼睛盯着我，我迅速将手枪塞进了口袋里。从 51 区出发之后我就一直在想：我们带着手枪来这个星球上，到底要用它们来做什么呢?

忽然，我想起了在 51 区被囚禁着的外星生物低声对我讲过的谜语：

“璀璨的星光后，低矮的山坡下，它填补了缝隙。

它游荡在前方，又紧随于身后，

让生命与笑声黯淡无光。”

最后还是阿里想出了答案：黑暗。

黑暗也可以分为两种：一种是好的、友善的，另一种则是坏的、危险的。

我把手枪藏进口袋里，准备一有机会就把它销毁掉。手枪里藏有黑暗，而且是危险的那种。

“快看哪！”乔尼喊，“他们从那边来啦！”

我们看向天上，都欢呼起来。

我们就像等着圣诞老人的小孩一样，兴奋地站在草地上，甚至奥利维亚也和我们一样高兴。另一组队员都还活着吗？他们都还好吗？

另一艘宇宙飞船也和我们的飞船一样轻盈地着陆了。

“他们很快就出来了，”奥利维亚说，“我已经告诉他们了，在这里不用穿宇航服。”

她手上拿着四瓶功能饮料。

很快他们就从飞船里出来了，没穿宇航服，略微颤抖着走下台阶。他们看起来和我们差不多，脸上都是又解脱又兴奋的表情。

“欢迎你们！”奥利维亚一边和他们打招呼，一边把手上的饮料发给他们，“欢迎你们来到开普勒 62e 星球。”

敏俊、丽萨、斯温特莱纳和阿尔伯特脸上都挂着大大的笑容。

我们也知道现在应当说一些值得载入史册的金句，可大家都笑得停不下来，互相拥抱着。原来真正的快乐是这样的，真是有趣，我想。

虽然我还不熟悉这里所有的人，但我好像终于有了一个不会抛弃我的家庭。

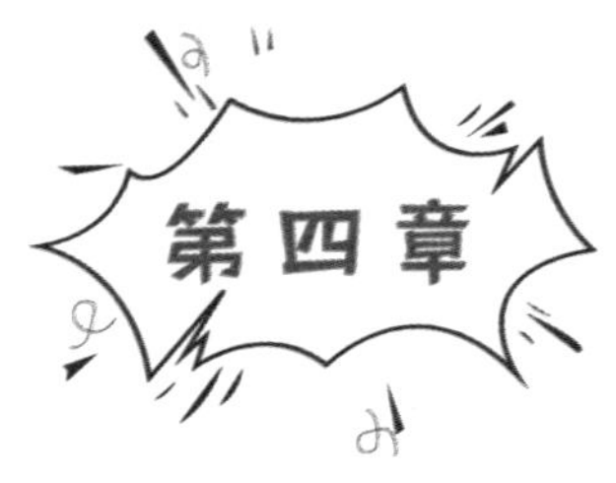

“我必须问你点事。”阿里说。

“你问吧。”我说。

“你现在看起来挺开心的，可为什么在出发之前你就已经在休眠舱里了？”

“在出发前最后一刻我改变主意，不想走了。可是奥利维亚把我迷晕了之后放进了休眠舱里。等我醒来的时候就已经在飞船上了，也没有什么办法。我甚至不记得我们在ISS4上停留过。”

“天哪，真是太可怕了。我本来以为你是去见外星生物的时候发生了不幸，比如大脑被外星生物控制了或者别的什么事，造成你必须在休眠舱里休息。奥利维亚给了一点这方面的暗示，但是她没有直说，只告诉了我们低语者可以控制人类的想法。可是奥利维亚居然强制把你放进了飞船里！她可不满足于仅仅进行思想控制，还动用了武力！”

“我的想法从来都和常人不太一样，奥利维亚也是。有时候我的行为举止就像个被宠坏了的小屁孩一样。但是到现在我也不能抱怨，反正也回不去了，我也不想回去。”

“嗯……”阿里说，“我也不知道到底能不能相信他们告诉我们的那些话，我们是不是真的回不去了？”

“我也不知道，但是最后我还是说服了自己，因为到现在为止这是我的生命里唯一发生的一点点有意义的事。仅仅是到这儿来的这段旅途就已经超出了我的预期，从发射飞船开始，我们一路上经历了那么多事。另外，我终于可以逃离我爸了，他一直有点不正常。”

阿里看我的表情非常严肃。他是在可怜我吗？一般来说我讨厌人们可怜我，但是想到现在这个人是阿里，我反而有点喜欢，至少有那么一点点。

“还有件事，”阿里说，“我们的宇宙飞船里面多出来了一个休眠舱。你知不知道里面是谁？或者说，是什么？到现在我还没看见在我们计划之外的人。”

我忽然觉得周身发冷。

“我也不知道。”

“可能里面是药品？或者……哎，我也不知道。会不会是 51 区 EXT 部门的外星生物？”

“51 区里有好多秘密。发现多了一个休眠舱这件事也别去问奥利维亚，反正她肯定不会跟我们说实话。”

“好。”

第五章

宇宙飞船里面有供我们休息的地方，即便是降落了，我们也可以在飞船里继续住很久。但现在所有人都迫不及待地想在这里开始新生活。

奥利维亚要我们尽量把营地建在靠近飞船的地方。“保险起见。”她总是这么说。我们要么吃从地球上带来的食物，要么吃在飞船实验室里种的蔬菜，等我们研究明白怎么在这个新星球上耕种，就可以吃些新鲜的东西了。仓库里的食物够我们吃上十年，自从另一艘飞船出了事故之后，现在吃饭的人也只有我们八个而已。

在 51 区的时候阿里就说他在队伍里是个累赘，和我们比较起来显得什么都不会。但到了开普勒 62e 星球之后，他很快变成了我们的总建筑师。他非常务实，在造房子方面简直就是无师自通。我们在 51 区的时候都练习过建设简易房，其实很简单，就像搭建乐高玩具一样把模块组装在一起，“咔嗒咔嗒”就建好了。但我心里其实并不喜欢这些简易房，因为它们都是用塑料和金属做的，虽然这些材料又轻又结实，可我总觉得到了新星球上说不定我们已经不需要这些材料了。

大家一起建好了所有房屋：一个医疗室，两个实验室，一个植物温室，一个很大的仓库，还有几个宿舍。

所有房屋建设完成之后，奥利维亚就把宇宙飞船封了起来。我差点就去质问她，封船是不是因为那上面有一个秘密的休眠舱，但到最后还是没能问出口：不能让奥利维亚发现我知道了这个秘密。

我站在阿里旁边看他怎么把房子的墙立起来。阿里问我："我听说你从奥利维亚那儿拿到的那把手枪叫博纳瑟拉，这名字有什么特别的意思吗？"

"这名字并不是随便起的。我爸特别喜欢的一部电影里有个人叫博纳瑟拉。"

"手枪跟你爸有什么关系？"

"这手枪是我爸的公司生产的。"

"天哪！真的假的？"

"我也不喜欢这个事实，"我说，"我准备找个时机把这把手枪毁了。武器带来的只有伤害。有时候或许可以利用武器解决问题，但用武力解决问题之后情况只会恶化。使用武器其实就和过马路不走斑马线一样：刚开始可能觉得这是个好主意，但是很快就会后悔了。”

“我倒是觉得你有枪是件好事。要不是你会用枪，我们可能还没到这儿就已经死了。”

“留你们在这里搭建‘乐高’吧，我看你们玩得很开心。我自己去后面走走，说不定能发现点植物什么的。”我说。

阿里点点头，说不定他明白我说的都是真心话。

我发现，虽然我喜欢有周围这些新家人的陪伴，但我也想找机会独处一会儿。

我就自顾自地向远处走去，边走边盯着脚下，就像小时候一样。不经意间我就走出去了很远。

哎哟!

那个是什么?

是动物留下的脚印吗？难道我看错了？我不怎么会打猎，但是这脚印看起来好像是刚刚留下的。不是鸟，也不像是什么怪物，看起来好像是有扁平爪子的熊或者类似动物留下来的脚印。

我的心忽然紧张得怦怦乱跳。我知道这时候最理智的做法是喊其他人都过来一起看看，但我并没有这么做。现在我觉得自己就是鲁滨孙，他起初也以为岛上只有他自己，后来发现其实岛上还有别人呢。

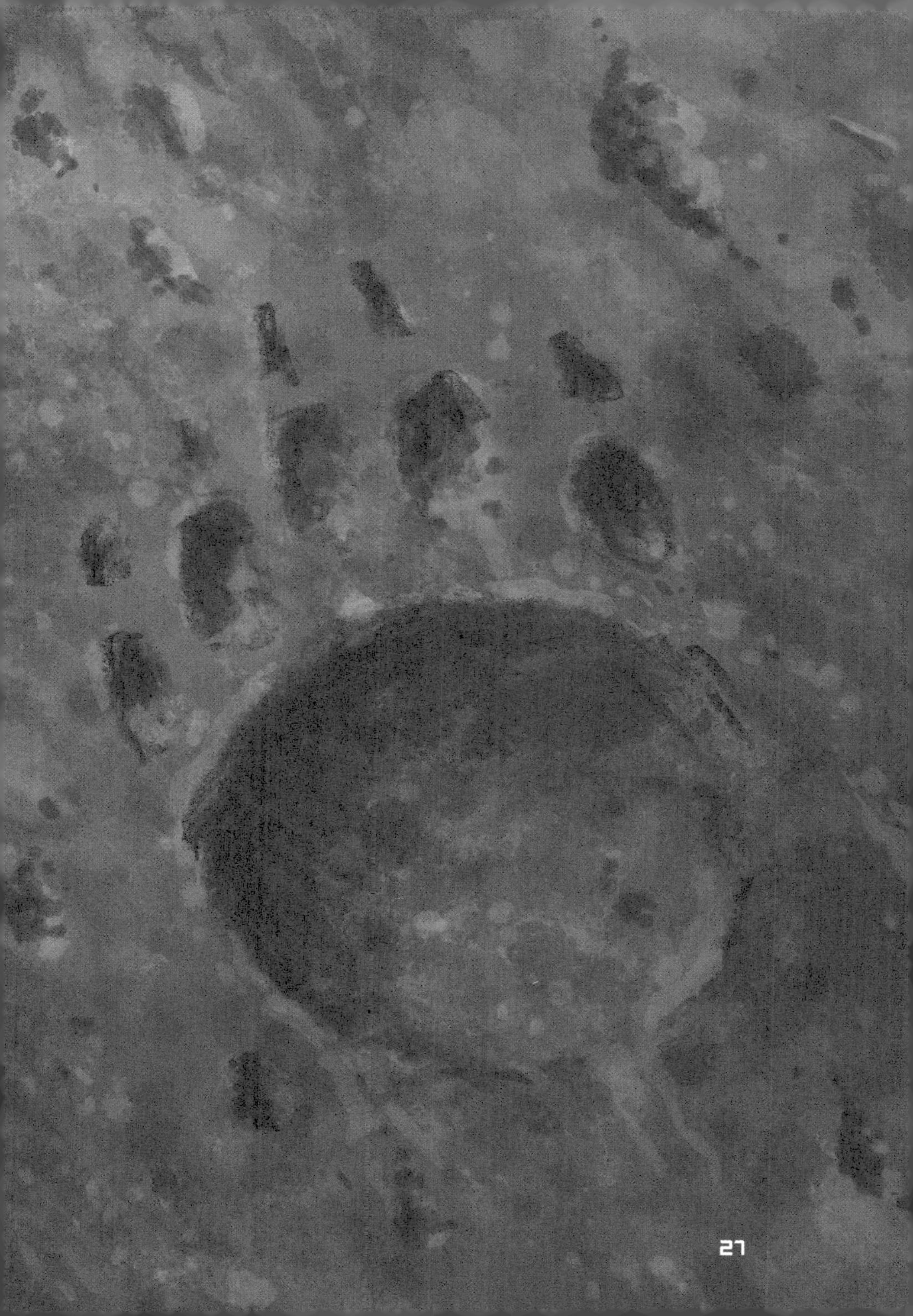

第六章

“我还是觉得奇怪，咱们现在竟然已经不在地球上了。”晚上，阿里爬到我边上来睡觉的时候说，“你怀念地球上的什么吗？”

外面已经变冷了，但我们有从 51 区带来的银色毯子，非常暖和。它不仅可以保暖，还可以隔热甚至防辐射，简直无所不能。我们躺在离宿舍几米远的草地上，其他人都已经乖乖地在宿舍里睡觉了。

夜晚的天空澄澈，无边无际。恒星和小行星看起来就像老迪士尼电影里表现的那样悬在天上。这里的星空和在地球上看到的完全不同。我想象着把星空划分为各种星座，在星星之间连上看不见的线，然后给这些想象出来的星座命名：锤子、饭勺、可乐瓶……

“我并不怀念原来生活里的任何东西，”我回答阿里，“你呢？”

阿里很长时间都没说话。

“你之前拥抱我了。”他突然说。

这场景就好像是在电影里一样，我刚好看到一颗流星从天空中划过，而我恰恰把它划过区域的星系命名为了我自己的名字：玛丽·瓦利为。

“什么？别瞎说。”

“才没有瞎说。就在我们万幸通过了小行星群之后你拥抱了我，还叫我‘王子’。那时候我们俩都还没进入人工昏迷状态，都是清醒的。”他说。

我的脸“唰”地红了，希望他没看到。现在外面已经很黑了，他应该看不到吧。

“你肯定是做梦了，”我说，“这一路上输进你血管里的那些药让你都不清醒了。”

“不，我确定那是真实发生过的事。”阿里说。

就在他还要说什么的时候传来了“砰”的一声，我顿时感到肾上腺素飙升。

黑暗之中一个怪物凭空出现在我们面前，还发出嘶嘶啦啦的声音。天已经很黑了。它的具体样子我们看不清楚，但感觉它就像是一只没有毛的熊。我下意识地闪电般掏出手枪，推上弹匣，打开保险栓，对准了那个怪物。

怪物冲向远处，随即消失了。

唉，真没想到我会这样，遇到不熟悉的东西时最先想到的竟然是用枪来保护自己，说不定那家伙只是想过来跟我们交朋友呢！总是举着枪的话在这里恐怕很难交到新朋友。

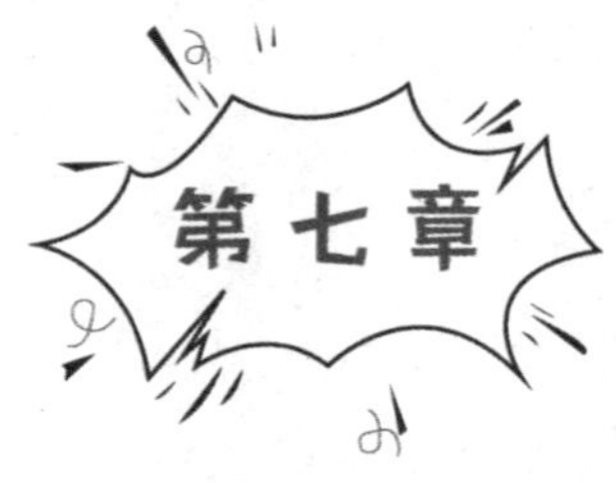

“看你们小脸苍白，是遇到什么情况了吗？”早上我们回到营地后，奥利维亚问道。

“没。”我说。

我也不知道自己为什么要对她撒谎。

阿里也没多说什么。

“没睡好。”他解释道。

“今天我们准备清早就出发，所有人一起去探索这个星球。如果附近真的有生物的话，在早上发现它们的机会应该比中午更大一些。”

奥利维亚拿了一把步枪给我。我觉得步枪比手枪更令人讨厌。

这是崭新的一天，草地是湿润的，草叶上还挂着晨露。现在这里就像地球上少有的一些时候一样漂亮，没有干旱，没有垃圾，没有污染，只有绿色的大自然。

我们跟着奥利维亚朝森林走去，现在我们和森林还有一定的距离。

“据报告说这是开普勒62e星球上比较富饶的区域。”奥利维亚说。

这时候，我们听到了淙淙的流水声，还有水从大型瀑布上落下来的声音。

我们穿过一片茂密的小树林，河流和瀑布顿时出现在眼前！大滴大滴的水花飞溅到我们脸上。

这里的植物看起来像是处于地球上的史前时期，叶子都非常大。周围的一切都漂亮极了，让我几乎忍不住想要唱歌，这可是从来没有过的事。

就在这时候，从我们头上飞过了一群火烈鸟颜色的巨大的鸟！说“飞过”并不准确，它们更像是在滑翔。它们来得快，消失得也快，一眨眼就不见了。原来这星球上既有水，也有动物！

我们现在既兴奋又紧张，大概就像刚发现美洲大陆的哥伦布和他的同伴一样。这种感觉简直太妙了！我们就是先驱者！大概昨晚看到的那只没毛的熊也并不危险，它和我们一样，只是看到陌生物种时感到害怕而已。

我走向河岸，从小溪里捧起水喝。尝起来……这里的水就和普通的水一样！我觉得自己像是人生中第一次喝到了水。

“看来我们不用回收自己的尿啦！”阿里说。

“耶！”乔尼说罢忽然剧烈地咳嗽起来。

奥利维亚总是和我们保持一定的距离感，以便让自己有些指挥官的威严，但现在她也停下来，仔细观察咳嗽着的乔尼，还摸了摸他的额头。

“还好，不太严重。”奥利维亚说。她既是我们这一群人的领导，又是我们的医生。

“我们的身体在漫长的旅途中经历了严峻的考验，受到重力和气压变化的影响，另外，人工昏迷也对身体有一定的伤害。或早或晚我们每个人的身体都有可能会出现一些未知的症状，毕竟我们现在不是在地球上了。咱们还是回营地吧。”

阿里把乔尼横着抱起来，我们就开始往回走。

突然，我发现就在我们前面不远处树林茂密的地方，有个东西正在看着我们。是那只没毛的熊！它两只脚站立起来之后看上去更加危险了。

我还算冷静，其实我以为自己会更紧张一些。之前外星生物都是只会在漫画和电影里出现的东西。之前我在 51 区见到了低语者，还有像天使一样长着翅膀的飞飞侠。在这儿也有它们的同类吗？飞飞侠会隐身，所以我们一时大概还见不到它。现在我就这样见到真正的外星生物了，它们也要吃饭，说不定也会繁殖后代，就和我们一样。虽然它们的外表非常奇怪，但是挺多地球生物不也是一样？就比如我爸，还有河马和大狐猴，外表都很奇怪，但他们都是活生生地存在着的。欧洲人刚发现美洲的时候肯定也觉得自己像来到了新的星球上一样。

乔尼又剧烈地咳嗽起来，好像横着吞下了一整只香蕉。

“看，血！”从他嘴里咳出了一些红色的液体，“还不严重吗？”

第八章

回到营地之后，奥利维亚完全没有提血的事。

我也没提没毛熊。

一整天我们都在安装太阳能板，然后就是不停地测试，调试，再测试，再调试。无聊至极。我还是开溜吧。我真是个被宠坏了的孩子。

说来也好笑，虽然我们是这个星球上唯一的人类，但从另一艘飞船上下来的一拨人和我们总是合不来。大概他们觉得我们是与奥利维亚乘同一艘飞船来的，奥利维亚又是指挥官，所以我们就显得更重要。敏俊、丽萨和阿尔伯特在机械方面比我们懂得要多，他们会安装机器，知道太阳能板的工作原理，还掌管着各种机器设备以及实验室仪器，就连斯温特莱纳也是心灵手巧，虽然她只是我们的营养学专家而已。和我比起来，我确定阿里更喜欢她。斯温特莱纳每天都逼我们吃风干了的虫子，因为这样可以补充蛋白质。真希望我们

能尽快从这个星球上找到些能吃的东西。

我们带来了很多高科技设备，可我完全不会用，但是奥利维亚给我们每个人分发老式对讲机的时候显得格外滑稽。开普勒 62e 星球上当然没有手机信号。我们都觉得用对讲机挺帅气的。

“记得及时充电，大家都保持在同一个频率上。”

“玛丽，你过来。”

阿里突然抓住我的手的时候，我心里一阵窃喜。但他只是把我的手放在了地上躺着的乔尼的额头上。乔尼紧闭着眼睛。

“感觉怎么样？”

乔尼的额头简直可以烫熟鸡蛋！

“奥利维亚！”我大喊。

奥利维亚不紧不慢地走过来。她一点都不着急的样子真是气人。

“乔尼这样已经很久了吗？”她问。

奥利维亚拿出医药包，从里面翻出一个小针管，然后将针头扎进乔尼的手指里。乔尼几乎一点反应都没有。奥利维亚抽了一点血到针管里，然后把针管放进她随身携带的一个设备里进行检查。

“这是老式的 C 反应蛋白测试，一分钟之后就能出结果了。”她说。

在阿里看来，这一分钟格外漫长。

那设备“嘀嘀”叫了几声。

“检测结果并不超标，不是细菌感染。”奥利维亚说，“乔尼肯定是感染了病毒，得把他隔离起来，至少不能和其他队员接触。”

“好，”我说，“但是我们余下的人谁都没有这种症状，到底会是什么病毒呢？”

奥利维亚看着我们，看不出她在想什么。

“我也不知道。我只是害怕这种病毒会传染。”她说。

“我想不通，乔尼在出发来这里之前就得病了，”阿里说，“你不记得了吗？我们是在医院见面的。我在 51 区又见到你的时候真是吓了一跳。乔尼还在芬兰的时候就已经开始吃药了，在 51 区的时候也一直吃那种药，还是比较管用的。难道不能让他接着吃原来那种药了吗？”

现在我们都盯着奥利维亚。

“那是之前的事。现在我们的情况更复杂，我们也没带能抵抗所有病毒的药物。”

阿里的眉毛拧成了一团。“更复杂？那要是乔尼死了呢？你想过这事吗？我们已经死了四个队员了。”

“我们现在可不是在地球的什么洞穴中探险。无论是谁都有可能生病，而且毕竟每个人最终都会死的。我想，大家都应该互相保持距离，每两个人之间都隔上几米。我再想办法分析一下他的血液样本。我希望这只是一种比较顽固的病毒感染，最终总是会过去的。乔尼咳血应该也是因为他咳嗽太多，黏膜破裂了而已。”

“你确定？”

阿里的声音有些颤抖。

第九章

奥利维亚被选作队长是不是因为她冷血，没有感情？

现在大家都知道乔尼病了。从另一艘飞船上下来的四个人中没有一个在我们搬出营地的时候主动来帮我们。我们就只好全靠自己，把搭建一个宿舍简易房要用的所有材料都搬到隔离区里去。阿里一个人搭建宿舍，只让我陪乔尼坐着，而他自己从清晨忙到了晚上。好在宿舍简易房的设计很实用，不管遇到什么都不用怕。

但我还是像以前一样睡在外面，直接睡在星空下面。我活到现在一直住在像被高墙围起来的城堡一样的房子里。现在一切都宽敞自由多了。我喜欢小溪边树林里的植物、远处若隐若现的群山，以及无边无际的草地。

阿里和乔尼先是钻到房子里去睡觉，但过了没多久他们又出来了。阿里抱着乔尼。乔尼躺在他怀里就像布娃娃一样毫无生气，只偶尔嘟囔着发出一点声音。

“外面凉快一点。”阿里说。

他小心翼翼地把乔尼放下来，给他盖好毯子。

“终于到了一个不用担心气候变暖的地方。你说我们以后会不会把这个星球也给毁了？”我问。

“我可能比较乐观，”阿里说，“我们人数很少，应该还不足以毁掉一个星球。”

“你说我们现在在这儿的这些人将来长大了是不是也要结婚生子？我们可是准备在这个星球上生存下去的。”我问。

虽然外面已经挺黑了，但我还是看见阿里的脸红得像个红石榴。他起初好像还准备开口说点什么，但在张嘴的一刹那又忽然害怕，就把话咽回去了。

在我们前面大概六米远的地方又出现了一只棕色的没毛熊。它平静地指着乔尼，嘶嘶地叫着。

“你带枪了吗？”阿里悄悄问我。

我摇摇头：“现在没带。”

没毛熊向我们走过来，在离我们还有两米远的地方停了下来，用两只后脚直立，又开始嘶嘶地叫。我能闻到它呼吸时发出来的恶臭。

“你要干什么！”阿里说着站起来，已经做好了赤手空拳保护乔尼的准备。

“你是饿了吗？”我问，“我们有……虫子干。还有功能饮料。”

“嘶——”

这怪物大概明白了我们听不懂它的话。它竟然掏出一个平板电脑！它拿着这长方形的东西放在嘴前，嘶嘶地说了点什么，然后把屏幕显示给我们看。

这时候发生了让我吃惊无比的事：平板电脑把没毛熊的声音翻译成了文字，显示在屏幕上，用的竟然是普通的文字！甚至还是儿童专用字体，就好像把我们当成了什么都不懂的小屁孩一样。

屏幕上显示：

他和草族得的是同一种病，

只有它们才知道这种病怎么治。

说完之后没毛熊就向后退去，消失在灌木丛里了。

我们惊得下巴都快掉了，呆呆地站着，感觉自己好像一直被隐藏着的摄像头偷拍了一样。

“那东西居然担心乔尼，你不觉得奇怪吗？”我问阿里，“它比奥利维亚还关心我们。这简直让人难以置信！”

“是啊，”阿里说，“我也觉得奇怪，就和你说的一样，怎么可能有这么好的事发生？我刚刚还担心它要一口把乔尼吃了呢。你去拿你的枪，咱们得去找奥利维亚！”

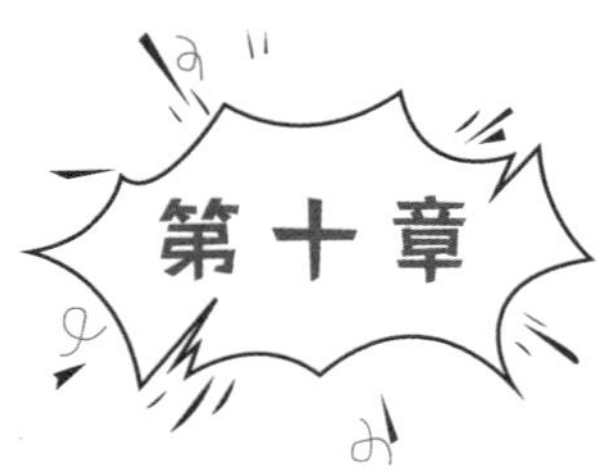

第十章

我们急急忙忙赶到主营地，乔尼自然也和我们一起，大家只能临时忍一忍被病毒传染的危险。

“这么说它们至少有一定的智慧。”我跟奥利维亚解释发生了什么之后，她这么说。

“它们还会沟通，就好像……”阿里说。

我们俩抢着说话，虽然阿里本不是那种会和人抢着说话的性格，可我们刚刚真的在外星球和一个外星生物说话了，谁能不激动呢！

“太棒了。”奥利维亚说。她听我们说完这一切，脸上竟然一点表情都没有，真是奇怪。

“它一点也没为难我们，”阿里说，“它们肯定是在暗中观察我们，然后发现乔尼病了。它说草族知道这病怎么治。它们说的肯定就是乔尼的病。”

“你是在脑中听到它的声音吗？就像在51区时那样？”

奥利维亚看着我问。

“没有。这种生物和那种被你叫作‘低语者’的生物不一样，只会嘶嘶地叫。但是它有个平板电脑，可以把它们的话翻译成我们的语言，我们可以直接从那个平板电脑上读。是不是很不可思议？它们只要说话，那个平板电脑就可以自动翻译。如果我们说话，那个平板电脑就会把我们的话翻译成……翻译成它们的‘嘶嘶语’。也就是说，那个平板电脑是双向的。它们并不会阅读，但是它们知道我们会。看起来它们并不像发达到了能研发这种设备的地步，但不能以貌取人嘛，外貌有时候说明不了什么。”

“嗯……”奥利维亚说。

“你觉得这个星球上也会有低语者那种生物吗？”我迫切地问道。

“嗯……”奥利维亚低声说道，“阿尔伯特也病了，他发烧呢。”

“说不定所谓的‘草族’就是低语者。”我说，“因为我在 51 区看见的低语者看起来就像巨型的草蚂蚱。说不定它们能帮我们。”

“不行，”奥利维亚说，“不许去找它们，也不许和它们说话。今晚先在这儿睡觉吧，明天再想到底要怎么办。”

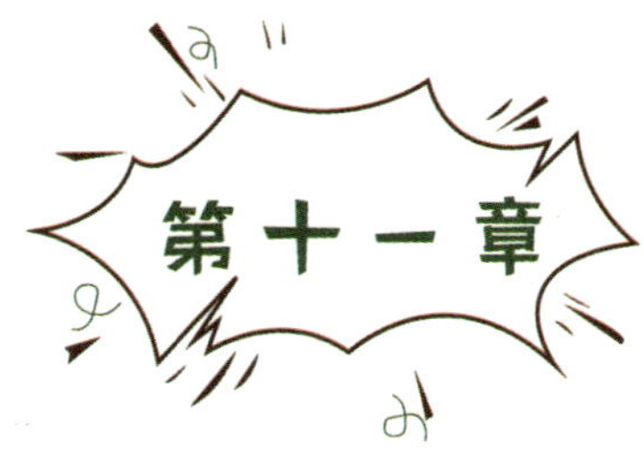

第十一章

我溜回了我们自己的营地。周围有很多人的时候，通常也是我觉得脑子不清醒的时候。

在我到达隔离营地的时候，我才发现这里也不得安宁，有整整一个迎接团在这儿等着我呢。四只棕色的没毛熊从我们的厨房里找到了功能饮料，被我发现的时候，它们正人手一瓶。从它们的表现来看，没毛熊对这种功能饮料的耐受程度很低，现在它们显得比平常更加兴奋，蹦来蹦去，就像一群手脚不协调、不会跳舞的男孩子。

它们看到我来，全都僵在了原地。

“你们就没想过我有可能会过来？”我问。这个星球上的生物真是奇怪。

其中一只没毛熊掏出那个平板电脑来，先从翻译的嘶嘶声中听我说了什么，然后又对着那个平板电脑嘶嘶地讲话。

是我们先来的。

它们想消灭我们。

“草族？”

又一阵嘶嘶声。平板电脑上显示着一个大字：

是。

“你们是谁？”我问。

它们七嘴八舌地说了起来：

兽人。我们当中也有好多之前得过和你们一样的病。只有它们知道这种病怎么治。

“可是它们为什么先把病传染给你们，然后又把你们治好了？”

有那么几秒钟，所有的嘶嘶兽都抢着对平板电脑讲话。翻译程序有些招架不住了：

它们有……嘶……解……嘶嘶……药。

“解药？”

对。

嘶嘶兽们把功能饮料一饮而尽，又开始蹦起来。它们是在担心什么吗？

“我不知道你们想告诉我什么。但是你们能不能明天一早就指给我草族住的地方？”我问。

嘶嘶兽们互相看了看，嘶嘶叫着，互相指指点点的，然后就一起扭头走了。

我分明应该更害怕它们一些啊，怎么就不害怕呢？

第十二章

“玛丽！”我听见有人喊我，并不是脑子里的声音。原来我裹着毯子睡着了。

对讲机里传来奥利维亚的声音。

“你在哪儿呢？玛丽？发生了一些……”

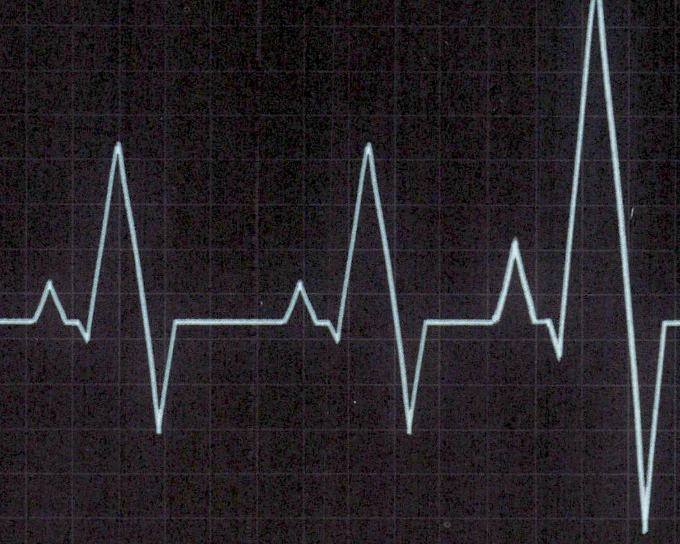

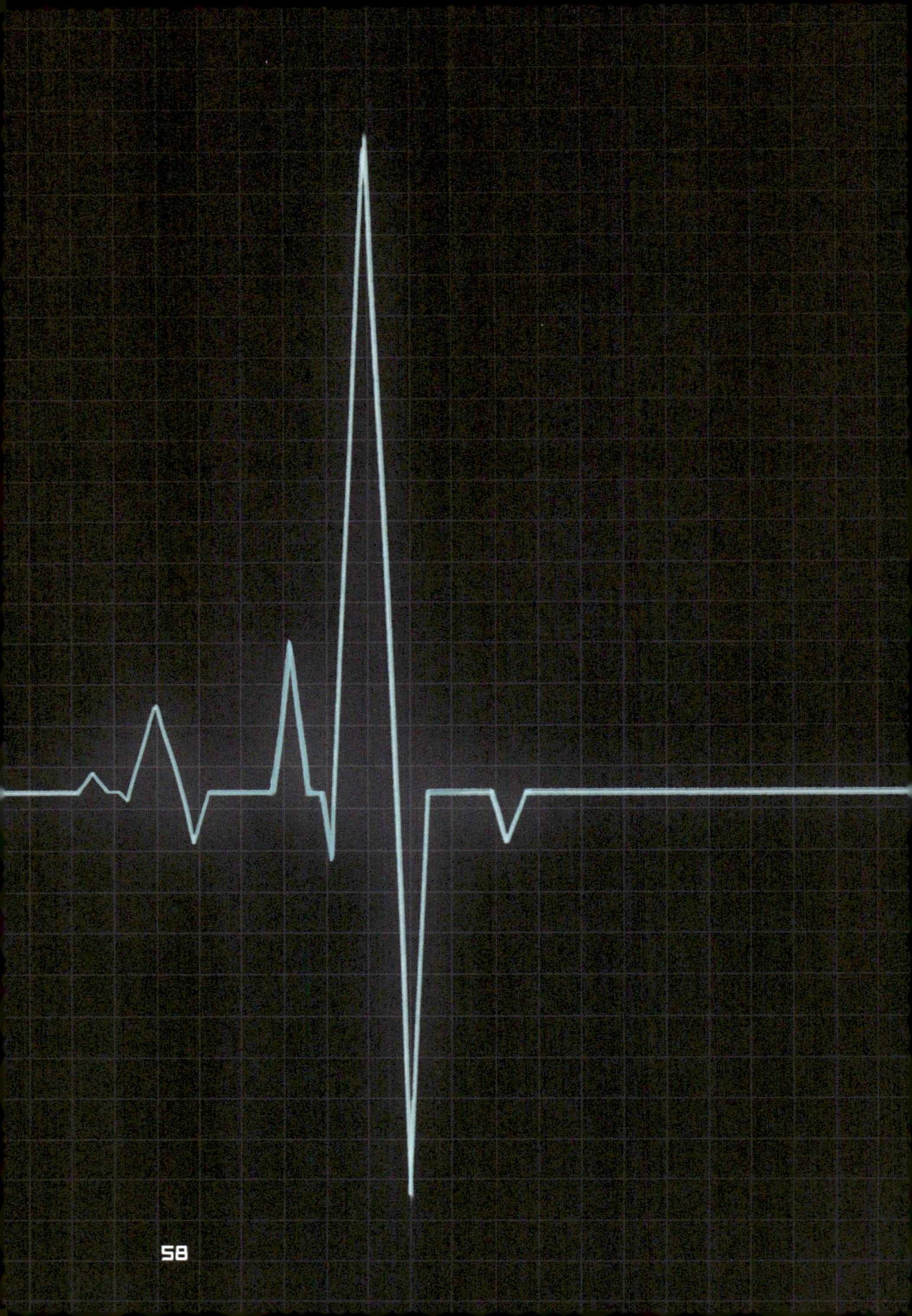

“什么？”我问，“怎么了？”

“这儿有一个……死了。”她的声音显得干涩，“过来，快点。”

“是阿尔伯特还是乔尼？”我的声音这时候就像珠穆朗玛峰上的空气一样稀薄。

只听到对讲机沙啦沙啦的声音，奥利维亚再没有回答。

第十三章

我们围成一圈站着，浑身颤抖。清早天气格外寒凉。

奥利维亚给每个人发了呼吸面罩。

阿尔伯特看上去是那么小。看来在开普勒62e 星球上也有死亡。

我和阿里都戴上了呼吸面罩。

我都还没来得及好好了解阿尔伯特。他是从尼日利亚来的，超级聪明。可我知道的也就只有这些。在51区的时候，我偶尔在走廊里碰到过他，但是我们从来都没有机会聊天。一次也没有。我真是个坏人。

"一切都发生得太突然了，"奥利维亚说，"乔尼生病，而阿尔伯特去世了，我们都需要一些时间消化这个事实。我建议大家都尽量保持心态平和，只做那些必须做的事。"

谁都没说话。我觉得大家心里都希望现在在这里指挥我们的不是奥利维亚，而是别的哪个大人。

"我们明天把他埋了吧。"奥利维亚说，"我还要先做几个测试。你们各自回营地去，谁要是感觉不舒服了就马上报告。早期出现的症状应该是高烧。"

大家互相看了看，每个人的脸上都写满了恐惧，然后陆续返回营地去了。

"我觉得你根本没把阿里说的话当回事。他一直在说乔尼已经生病很久了。"我对奥利维亚说，"这些你本来应该知道的啊，你们在芬兰就已经见过了。"

"这是两回事。"奥利维亚说话时看我的目光冰冷，"乔尼确实在芬兰就已经病了，但和这个病不一样。我已经检测了他的血样，我觉得这是一种我们从来没见过的病毒。自从乔尼到了这个星球上之后，他的状况就越来越不好了。”

“说不定在51区的时候情况就已经不好了。”我说。

奥利维亚面无表情地盯着我，她想用这副表情表达什么都有可能，又或许，她什么都不想表达出来。

“要是你告诉我一个秘密的话，我就也告诉你一个。”我说。

“你在说什么？低语者？它们在附近吗？”

“我觉得你知道的远比你想告诉我们的多。你是不是来这儿之前就知道这里有低语者了？你是不是也知道这里有嘶嘶兽？还有别的？你是不是一直都和地球有联系？”

奥利维亚看起来吃惊极了，竟一时语塞。这可不是好现象，因为她本来可以简单地回答“是”或者“不是”。

“宇宙飞船上多出来的休眠舱里是不是有什么外星生物？”

“没有。”奥利维亚说，“就是个备用的，万一路上有哪个坏了的话还有备用舱，另外还可以当作逃生舱用。”

我看不出来她是不是在撒谎。

“我之前也和你说过，低语者是全宇宙最危险的几种生物之一。”奥利维亚继续说，“它们既然能控制人的思想，说不定也能传播疾病，只是我们还不知道而已。它们告诉我们开普勒 62e 星球的时候说不定就已经把疾病传染给我们了。它们非常精于算计，又对可能的敌人毫不手软。我本希望在这儿不会遇到它们的。”

可我们人类才是真正危险的吧！我心想。

“另外，回答你另一个问题，没有，我没有和地球保持联系。但是现在阿尔伯特已经死了，这个情况看起来对乔尼非常不利。你是从哪儿知道说不定草族可以治这种病的？你应该去会会它们，玛丽。我感觉你很……擅长和外星生物交流。”

“说不定我可以。”我说。

“但是你无论去哪儿都要记得带枪，还有对讲机。对讲机一直得开着。去仓库拿你觉得需要的东西吧。我给你一个头盔，戴上之后可以防止被低语者控制思想，就和你在 51 区用过的一样。祝你一路顺利。”

真奇怪，她的主意变得可真快啊。

第十四章

仓库门口有个指纹识别器，我用自己的指纹居然打开了！

所有的武器都挂在墙上。

我注意到，每把枪上也都有指纹识别器，这种指纹识别器最先是在瓦利为武器工厂里投入使用的。这里是给我们每个人都准备了枪吗？

我拿了一把小型的瓦利为 4.0 机械手枪。我用指纹在识别器上扫了一下就把它解锁取下来了。真是不可思议，随便拿的一把枪居然就是专门给我准备的！

这时候我脑子里有了一个邪恶的想法：我又从墙上拿了一把手枪。哇！也轻易拿下来了。

这时我打了个寒战：难不成这里的所有枪都是为我准备的？确实，在 51 区培训的时候，只有我一个人上了枪械使用课。

来这个星球的路上穿过小行星群的时候我做了临时指挥官。难不成那些强行把我送到这个星球上的人早就预料到会有小行星群，需要我来指挥？还是他们只是希望有个人能用武器，万一我们打起仗来不至于处于劣势？为什么偏偏要选择我？为什么不是奥利维亚？她是我们的指挥官，但她自己却连一把手枪都没有。

我把瓦利为 4.0 机械手枪挂回墙上，有一把博纳瑟拉应该就够了。我在仓库里找到了整整六柜子的子弹。

但更让我好奇的是我在仓库里发现的一个小医药柜。我想不明白，医药柜为什么要放在这个仓库里呢？尤其是这个医药柜还通着电，而电是特地从外面的太阳能板接过来的。阿里曾经说过，电对我们来说太重要了，所以电能的使用安排得非常仔细。

我环顾四周，发现无人，便趁机打开了医药柜。里面摆满了一卷卷的纱布。让纱布保持凉爽大概并不是多重要的事吧？

我从柜子里把纱布拿出来。纱布后面竟然藏着一个小门，很轻易就打开了，门后面是一个小冷藏盒，里面有四层架子。架子上放着八支试管，分别放在各自的小支架上，刚好和我们在这儿的人数一致。每一个放试管的小支架上都贴了标签，上面写着我们各自的名字，还有一个条形码。我的、阿里的，还有乔尼的试管挨着。每个人的试管边上都有一个小的安瓿。安瓿上也有标签，上面写着：ANTIDOTE。

阿尔伯特的安瓿已经没有了。就是说，没有给阿尔伯特ANTIDOTE。ANTIDOTE是拉丁语吗？还是英语？可惜我爸给我安排的家庭教师并不是全世界最好的，而且我还翘了好多课。

我不知道阿尔伯特的安瓿不见了代表着什么，但是我不喜欢这个事实，一点都不喜欢。

我把隐蔽的小门关上，没有碰那些试管和安瓿。然后我把纱布卷按原来的样子摆好，最后把医药柜的门关上。

玛丽
ANTIDOTE
阿里
ANTIDOTE
乔尼
ANTIDOTE
斯温特莱纳
ANTIDOTE
敏俊
ANTIDOTE
阿尔伯特
丽萨
ANTIDOTE
奥利维亚
ANTIDOTE

第十五章

“你知道 ANTIDOTE 是什么意思吗？”房间里只有阿里、乔尼和我的时候，我问道。已经到了晚上，这件事我想了一天也没想明白。

“当然知道了，”阿里说，“你从来都没有玩过任何游戏吗？”

“没。”我说。

“但是你肯定通过了《开普勒 62 号》游戏的最后一关才能来这儿呀。”

“都到现在你就别说这些了。现在赶快告诉我 ANTIDOTE 是什么？”

“好吧，小事一桩嘛。这是英语，‘解药’的意思。”

“听着，我在奥利维亚的仓库里找到了一个药柜子，里面藏着个盒子。盒子里有写着每个人名字的试管，还有安瓿，除了阿尔伯特，他的安瓿不见了……”

“……阿尔伯特死了。”阿里说，“好可怕，奥利维亚肯定在秘密筹划着什么。”

“我们在什么情况下会需要解药？”

我和阿里互相盯着对方。我们使劲想，想到头都要爆炸了。

“哎，我真是笨！”阿里说，“在 51 区的时候我们做了那么多次身体测试和药物测试。奥利维亚他们给乔尼吃了好多好多种药，因为他们当时就知道乔尼有点不对劲。可就是这样乔尼也还是跟我们一起被派过来了，没有人多问过一句话。那时候我只怕他们不要我们，我们又要回到原来那样悲惨的生活中去。”

阿里长叹了一口气。

“我知道我以前说过这件事，但是我们在芬兰的时候奥利维亚就在那个医院里，所以她肯定知道……”

“可是解药到底是干吗用的？”我打断他问。

“我也不知道，做什么用都有可能。解蛇毒，或者昆虫叮咬，或者是非常严重的过敏反应，都有可能。”

我一下定在了原地，悄悄地问阿里，虽然周围并没有别人能听到我们说话。

“跟我说说你的家人，你家有什么人得过传染病吗？或者有别的什么需要担心的？”

阿里想了一会儿。

“我家没有谁生病，乔尼的情况也时好时坏。以前我完全没想过这些事，更多的我就不清楚了。”

“好吧，”我说，“还有什么别的？”

“就在我们出发之前发生了一件很不好的事，但我不知道，它怎么……”

“什么？什么事？”我问。

阿里看了看乔尼，他还是睡着的。

“妈妈，”他说，“我们的妈妈好像没有了。”

“她死了？”

“是，也不是。”

就不能说点能让人听懂的话吗？

“一个人怎么会可能死了，又可能没死呢？我妈就死了，没有任何疑问。”

“我们几乎肯定就在我们出发之前，妈妈的神经系统已经被改造了。”

阿里咬着嘴唇，他眼中噙着的当然不是高兴的泪水。

“天哪，不是吧！”我说，“我听说过神经系统改造。我只要听到有人说这个词，就已经觉得灵魂都被扭曲了。它……你知道具体是怎么做的吗？”

“那是个秘密，没有人知道。”阿里说，“但是他们有手段能改变他们要改变的人的任何记忆和想法。我也不知道怎么做到的，但纳米科技这么发达，现在这大概也不是什么难事。联邦现在想做什么就可以对人做什么。”

“你见到过那个眼睛中的‘闪光’吗？大家都说有，说如果有这种现象就是被改造过了。或者那只是个传说？”

“我是过了一段时间之后才发现的。那时候妈妈已经不在家好几周了。她回来的时候我们就觉得很奇怪。后来……后来我们就突然见到了，那种眼睛中的‘闪光’。现在……现在的妈妈已经没有了灵魂，就是一个躯壳而已。”

阿里并没有哭，他只是在用力吞咽，就像有土豆突然卡在了他的喉咙里一样。

“好可怕，”我说，“以前我的生命里从来没有这么真实的事，你是我遇到的最真实的人。”

阿里把手臂搭在我的肩上。如果有一天我想在开普勒62e星球上找一个信得过的朋友，这个人肯定就是阿里，其他人暂时都不能与他相比，但我知道他肯定只是想安慰我罢了。我想，如果有的选，说不定他希望坐在他边上的是斯温特莱纳。

“你冻得直发抖，”阿里说，“但乔尼却热得像火一样。他是我唯一的家人了。”

他是除了我之外你唯一的家人，我心里这样想，但没说出口。我想起了过去的人和事。已经去世的妈妈、做兵工厂老板的爸爸，还有几乎被污染毁了的地球，以及在地球上忍饥挨饿的人们。在这么多人当中，我是极少数几个幸运儿之一，穿过 1200 光年来到了这里，把地球远远地抛在了身后。这个项目的负责人林威斯托将军说我们这些人是希望和未来。但我们为什么这么不顺利呢？

开普勒 62e 星球上的太阳就要下山了。可能是我听错了，但我觉得身后有爪子踩在地上的声音。现在谁更可怕呢？

“再去跟那些兽人谈谈吧，看能不能问出来低语者住在哪里。”阿里说，“我先去睡一会儿。”

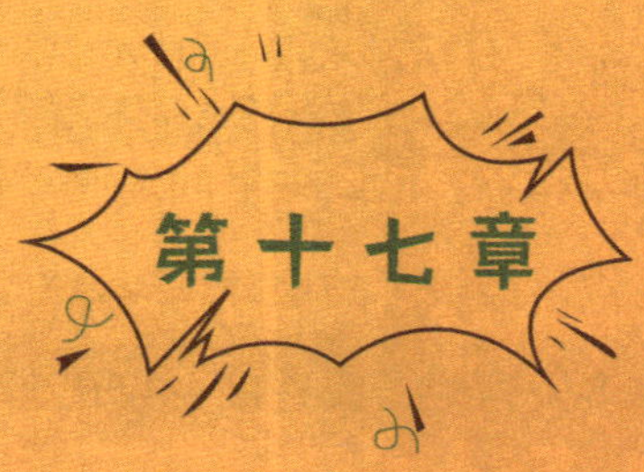

第十七章

几只没毛的兽人在草原上逛着，嘶嘶地叫。它们是在等我。我现在根本没精力考虑为什么它们偏偏喜欢找我。

这片大草原无边无际。在这种地方能有什么呢？能找到什么呢？又怎么可能找到某个特定的人或者动物？

“嘶——”一只兽人说。

它们正站在一棵细矮的小树边上，向树的方向点着头。在树的后面我只能看到草地。兽人们站在一起嘶嘶地交流着，但是平板电脑的屏幕上什么都没有显示。我看出它们不想再向前走了。

我一个人走过这棵孤零零的小矮树。我明白在这棵树后面应该就是低语者的地盘了，这棵树一定是边界的标记。

我深吸一口气，潜入高高的草丛当中。

草叶刮过我的头发、鼻子和脸颊。太阳在开普勒 62e 星球上投下金黄色的光线，这些光线穿过草丛，像利剑一般照射下来，就像电影里的场景一样。现在我明白为什么低语者会选择居住在这里了。只是还有一个问题：它们是否希望我来这里？

“站住。”

忽然我听到脑中传来的声音，非常清晰，就像是紧贴着我的耳朵说的一样。

“什么东西被拿走得越多就越大？”

又是谜语，就和我在51区见到低语者的情景一样。这些谜语听上去就像一首首小诗一样。

“是坑。”我回答。但是我说出来了吗？还是只在脑子里想到了答案？受到低语者的影响，我已经分不清思想和语言的边界了。

突然它就直接出现在了我的眼前。

它又大又绿，真的就像一只巨型的草蚂蚱。它头上的天线，或者说触角，在抖动着，要么是被风吹的，要么是低语者自己控制的。

草族，就是低语者。其实在内心深处我已经知道这就是事实，我也知道在这儿能见到它们。尽管如此，我的心还是一阵乱跳。现在站在我面前的这一只低语者比在51区见到的更大。它能感受到我来了吗？它在测试我吗？

“你好！”我抬起手向它打招呼，却并没听到自己的声音。有一刹那我觉得自己非常幸福，好像是见到了老朋友一样。

“你好！”有个声音回答我。

“你能不能指给我你住的地方？”我问，“我……”

低语者看了我一眼，消失在了草丛里。

我在它后面狂奔，但只跑出几米，“砰！”我就一头撞上了一个看不见的东西。我发现面前有一面看不见的玻璃墙。我试着把它推走，或者绕过它，都没能成功，它似乎能向两侧无限延伸。

“嘿！”我喊它，“回来！”

“你带着枪，”它说，“还有敌人。”

我脑子里一片空白，不知道怎么回答它。

后来低语者就什么都没说了。

我不知道兽人们在讨论什么，但是我很确定它们生气了。

你找到它们了吗?

“找到了，但它们不想和我说话。它们的营地或者村庄外面有一个很厉害的像玻璃墙一样的东西。现在我只想自己待一会儿。”

兽人们看着我，过了一会儿，它们就嘶嘶叫着走了。

我知道自己一定做了让低语者失望的事。它们肯定是有智慧的生物。它们也一定和我一样，需要隐私。

一整个傍晚我都在回忆，回忆从坐着吉姆和杰夫开着爸爸的猎鹰号喷气式飞机到了 51 区之后发生的各种事。

我脑中有无数的问题：奥利维亚到底知道多少？为什么只有我能用枪？为什么阿尔伯特的安瓿不见了？乔尼的病到底是怎么回事？为什么联邦把我们从 51 区派到这里来？奥利维亚到底和地球有没有联系？低语者真的危险吗？

“乔尼现在的情况特别不好。”阿里说，“他就要死了。我们怎么办？”

“来，”我跟阿里说，“我们回到那草原上去，现在就走，你、我，还有乔尼，就我们仨。我不带枪也不戴头盔，咱们把对讲机也关掉。”

阿里抱着乔尼跟在我身后，走到了那棵小树边上。

我们一起潜入了草丛里，走到我之前来过的地方，并再一次撞到了隐形的玻璃墙上。

“你这无比聪明的计划进行到现在之后准备怎么办？”阿里坐到了草地上。

“别总是问这问那打断我，以后肯定会全都告诉你的。现在我需要专注。”

阿里严肃地看着我，点了点头。

我闭上眼睛，全神贯注地用力只想一句话：“帮帮我们吧。”

我也不知道自己是不是在等着它们给我一个回答。但一个声音很快就出现在了我的脑子里，我感到后背上一阵阵发凉。

“我们不想被人打扰。”

我看不到向我传达想法的低语者。

“你们看！我们把那孩子带来了。我们怕他就要死了。”

一阵寂静。

“我们帮不了你们。”过了一会儿低语者的声音出现在我的脑子里。

我回答它的时候分不清自己是在脑中思考，还是在真的大喊：“我们不想伤害你们！”

过了很长时间，就在我要放弃的时候，声音又出现了。

“但那个在盒子里的想。”

“什么盒子？”我问道。

低语者没有回答。

突然它再次出现，站到了我面前，并把一只手或者脚放在了玻璃墙上。它就是我前一天见到的那只低语者，我真希望能直接摸到它。

“什么盒子？”

“休眠舱。”

我深吸了一口气。

“那个多出来的休眠舱？你们怎么知道的？”

低语者什么都没再说。

“乔尼会死的，”我说，“我根本不知道那休眠舱里面是什么。”

但是低语者又消失在了草地里。我心中的希望就像蜡烛烧到了尽头，熄灭了。

“你们其实心里也清楚，就把我……放在这儿吧。”乔尼说，“我……无论如何……都是要死了。”

阿里看着我。

我点点头。

阿里把乔尼放在了地上，沉重地看着我，然后拿出银色的毯子，盖在了乔尼身上。

“你想喝水吗？”阿里问。

乔尼没有回答。

阿里把水瓶放在乔尼手里，虽然他自己也知道，乔尼现在已经没有力气拿起水瓶了。

第十九章

我告诉了阿里低语者跟我说了什么。

“听起来感觉我们没什么希望了。”

“看看吧。”

我们走回小树所在的地方，又向远处走了大概 20 米，躲在了一片灌木丛后面。我不知道离开这么远之后低语者还能不能听到我们的想法，但我们也不能完全离开乔尼。

乔尼一动不动地躺在地上，躺了很久很久。我和阿里脑中想的是同一件事。

“我觉得它们不会来了。”阿里说，“让乔尼就这样躺在那里是在浪费我们宝贵的时间。他可能只有几个小时可活了。我们得赶快回到奥利维亚那儿。”

“求你了，”我说，“就再等一小会儿。”

“一小会儿是多久？”

“嗯……420 秒。”我说。

“那是 7 分钟。”

“你说是就是吧，我数学不太好。”

我们一起静静地在心里数着，感觉每一秒过去都有人在轻轻踢我们一脚。

“行了，”阿里悄悄说，“现在时间肯定到了。”

就在阿里要站起来的时候，我看到绿色的草丛中间有什么动了一下。

它大概在那儿等了很久，现在终于显形了。那是只巨大的绿色的草蚂蚱。低语者就那样安安静静地站在离乔尼两米开外的地方，只有触角微微动着。

低语者站了一会儿，然后弯下腰，用它细瘦的手托起了乔尼。它就那样托着乔尼穿过草丛。乔尼看起来就像个小瓷娃娃。突然，他们就一起消失不见了。低语者是把那道玻璃墙关掉了？还是能直接穿过它？

“谢谢！”我在脑中说。但是并没有人回答。

我们听着对方的呼吸声，直到过去了几秒钟才敢转头看向对方。我抓住阿里的手，紧紧攥着。

要是低语者已经有能力创造这道玻璃墙，它们肯定也有办法救活乔尼。不知这道玻璃墙和那部叫《星球大战》的老电影里面提到的“原力”是不是一个道理？

我感觉从我们离开营地到现在已经过去了几百年。我不想回到奥利维亚和别的队员那里。

我们并排躺在我的毯子下面，谁都没说话。我觉得自己的心都碎了。这种感觉我之前从未有过。

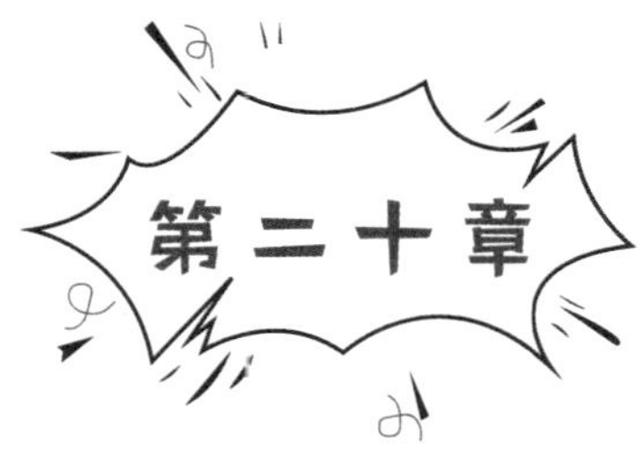

第二十章

“玛丽！那个力场，或者墙，或者不管它是什么，现在已经没了！”

“什么？没有了？”我问道。我完全不知道自己睡了多久。

阿里肯定已经推了我好几次。过了好一会儿我才明白，自己和逆戟鲸大战的场景不过是一场梦。

“嗯……”我说，“可是那东西本来也看不见啊。”

“是看不见，但是可以摸到。现在已经没有了！我刚刚走到了树的那边，什么都没有，很……正常。”

“怎么过去的？”

“就一步一步向前走，左一脚，右一脚，再左一脚，小菜一碟嘛。”

我半坐起来，身体还没有完全从睡梦中“醒”来，有点僵硬，但是血液开始加速流动。

“说不定它们就住在草原上，只是偶尔打开那道玻璃墙？说不定维持那道墙太耗费能量了，或者说不定它们信任我们了……”

“我想走远一点去找乔尼，”阿里说，“看他好了没有。希望你是正确的，而奥利维亚和兽人们是错误的。希望低语者根本不危险。你留在这儿休息吧。”

我还没来得及说什么，阿里就走了。

我一下蹦起来，跑着追上他。

“你带枪了吗？”阿里问。

“没。”

“哎，你真幼稚，玛丽·瓦利为。你一个人生活的时间太久了。”

“我相信它们。”我小声说。

“它们没把乔尼送回来。说不定它们抓走了乔尼，不知道跑到哪儿去了。我本应该……”

“它们本性不坏。”我说，但我的声音有点颤抖。

“兽人们已经警告过我们了，”阿里说，“奥利维亚也说过，低语者很会控制人的思想。说不定它们是被病毒感染变异了的食肉大蚂蚱，还是早餐要吃人类小孩的那一种。”

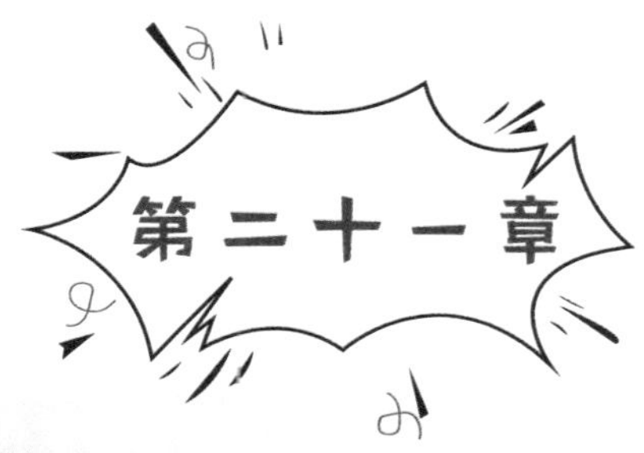

没走多远，我们就到了一片广阔的草地中间的空地上。

空地周围有 12 座小房子，好像是用从这片空地上割来的草建成的。屋顶和墙面上的草都编织成了漂亮的花纹。

一片死寂。所有的低语者都躺在地上睡得正香，它们的身体在阳光的照耀下闪着绿光。

“乔尼！”

阿里从一座草房子转到另外一座，边跑边喊：“乔——尼——”

我的脑中听不到任何声音，没有低语者的想法或者消息。

我走到离我最近的低语者身边，小心地摸了摸它巨大的、半透明的、瘦高的身体。

真奇怪。它们一定是处于类似超睡眠状态。

我用力摇了摇，它还是没有反应。我又去摇另一个低语者，也完全没有动静。

“我想……”阿里说，“嗨！原来你在这儿呢！”

阿里扒着一座草房子的门缝向里看，我跑到他身边。

“嗨。”乔尼的声音很小，听上去疲惫至极。

他躺在草房子的地板上，身下铺着毯子。

“它们没在睡觉，”乔尼小声说，“它们都死了。我把它们全都传染了。”

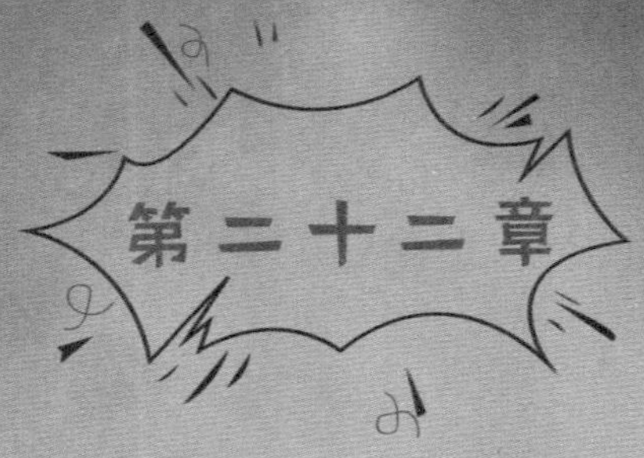

第二十二章

不知道兽人们是不是一直在监视我们，或许它们是跟着我们过来的。忽然之间，一群兽人就出现在了空地上。它们四下巡视，大吼大叫，就像完全没看到我们一样，然后它们又跑去拆那些草房子。我的心一下凉透了：难不成它们一直在等这个时机？我们难道被骗了？

“你们要做什么？”我也不知道自己在问谁。

没有兽人回答我，它们只是兴高采烈地手舞足蹈着。后来，它们把低语者硕大、美丽、闪着绿光的尸体一个个拖到空地中间。

我觉得天旋地转，头晕脑涨。

“咱们溜吧，这儿不安全。”阿里说。

这时候，所有兽人一起嘶嘶地大吼起来。这些生物长得都一样，难以分辨，只有其中一个手上拿了一支火炬。

所有兽人都愣了一下，然后它们像是唱歌一样一起大吼起来。

唱完之后，一切又归于寂静。

那个兽人举起手，把火炬丢在了一座比较大的草房子上。

草房子一定非常干燥，因为它立刻就燃烧起来，我们甚至能听到火焰在猎猎作响。火焰冲向天空，深灰色的烟迅速向四周蔓延。我的眼睛开始刺痛、流泪。

兽人说话的嘶嘶声逐渐变成了怒吼，最后变成了刺耳的尖叫声。我们周围就像有一群发疯的野猪正在跳舞一样。

“快来，玛丽。”阿里抓住我的手腕说，“你的低语者都已经死光了，而乔尼现在发烧，至少有 40℃。”

我们跑了。我的眼中满是泪水，这泪水可不仅仅是被烟熏的。

第二十三章

“低语者都死光了。嘶嘶叫的兽人们现在正在烧毁它们的村庄。”

阿里和我都跑得上气不接下气。我们一边努力平复呼吸，一边争相讲述发生了什么。

“说不定它们有自己的理由呢？”奥利维亚说。她和从前一样，脸上没有任何表情。

“理由？”来到隔离营地之后，我问奥利维亚，“奥利维亚，你本来就知道会发生这样的事吗？这是不是你算计好的，一步步让兽人彻底打败低语者？”

“我并没想到会发生这样的事，但是我确实一直担心事情会向这个方向发展。”奥利维亚说。

我等着奥利维亚进一步解释，可她什么都没再说。

“41.6℃。”奥利维亚拿着一个老式的水银温度计读数。我们带来的一些东西都可以称作老古董了。

奥利维亚起身快步走向我翻过的仓库。不一会儿，她拿着一支针管出来，针头扎进了乔尼的右臂当中。针管里的药物是神秘药柜子中的安瓿里面的吗？

乔尼已经烧得神志不清了，针头扎进他的胳膊时他也毫无反应。

“一小时之内我们就能知道乔尼是不是能挺过这一场重病了。”奥利维亚说，“你们俩有谁发烧，或者出现了别的症状吗？”

“没有。”我回答，“你一直都把这种药水藏着不用吗？”

“是，也不是。这种抗病毒药物非常厉害，它即便不会彻底毁了乔尼的免疫系统，也会严重降低他的免疫水平，让他很容易被某些疾病侵害或者感染。所以这种药只能在极端紧急的情况下用。我就留在这儿观察他的情况。”

“你更应该去低语者的村庄取些样本，看看情况，”我说，“看看那儿到底发生了什么。”

“是你自己想主动接触住在这儿的外星生物并且跟它们沟通的。”奥利维亚说。

现在阿里和奥利维亚都盯着我。我看不出来阿里是否还和我站在同一边。

“在它们看来我们才是外星生物，”我说，“它们觉得我们是来消灭它们的。”

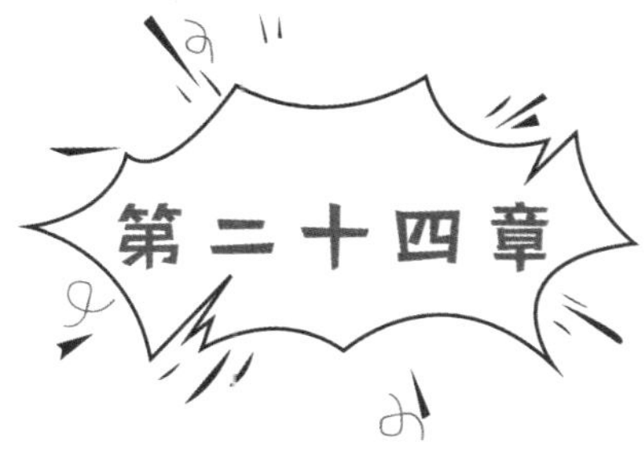

第二十四章

乔尼醒来的时候我们正坐在他身边。他用明亮的大眼睛看看我，笑了。

“你现在好了？就这么突然好了？”

“嗯……”他说，“我觉得好了。”

我把手放到他的额头上，温度很正常。这是发生奇迹了吗？

“太好了，简直不像是真的，你觉得呢，阿里？给乔尼打的药水真的是药效神奇？或者是给他注射了解药？你说阿尔伯特是不是也注射了解药，但是却死了？解药到底是在解什么呢？”我问。

“你好多问题啊，”阿里说，“想那么多肯定很累吧。对我来说最重要的是现在乔尼好了。是奥利维亚救了他。”

我本想说他幼稚，可想了想，还是不说为妙。

“我之前没告诉你，我从兽人那里偷来了一个平板电脑。”阿里说，“你看这背面，看上去就像是在地球上造的。”

我把平板电脑拿到手上，很轻，但是感觉很结实，应该是钛做的。钛是我爸最喜欢的材料，战斗机和潜水艇都用到了钛，载我们来这里的宇宙飞船也应该是用钛做的。

“你是说，这个东西……是人造的？”

“我不知道。”阿里说。

我把平板电脑翻过来看背面，在钛合金表面上印着一个标志，让我背上的汗毛都竖起来了。三个大大的字母，我看见就不自觉地感到难受：KTA。

KTA是瓦利为家族的标志。

各种想法在我的头脑中冲撞着，我就像受了惊吓晕头转向的蚂蚁。难不成这一切的背后都是我爸在主导？也就是说，奥利维亚和其他在51区的人早就知道有开普勒62e星球了，是我们来了之后奥利维亚把平板电脑给兽人的吗？他们之前就有过联系吗？我在51区一个兽人都没见到过，但是奥利维亚有可能是在说谎。也就是说，奥利维亚还会继续说谎的。也就是说，她知道我们不知道的秘密。从我的经验来看，大多数的秘密之所以是秘密，就是因为它们很危险。

“哇。”我说。我决定不把我的各种想法告诉阿里，因为我不知道他现在是怎么想的。

“我渴了，”乔尼说，“谁能去给我拿罐饮料吗？别都看起来那么紧张，现在都好了，我已经没事了。”

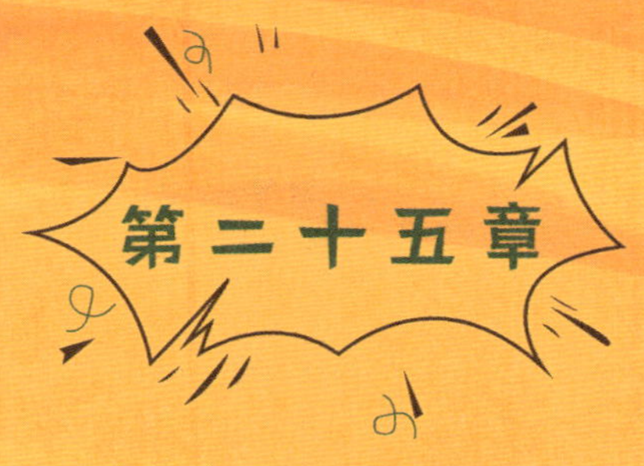

第二十五章

乔尼要在隔离病房中卧床休息六周。病房其实就是个塑料帐篷，奥利维亚在里面陪着他。只有奥利维亚和斯温特莱纳可以去照顾乔尼。他睡得很多，但除此之外吃喝都算正常。阿里也开始一点点放松下来，可以看出来他很信任斯温特莱纳。

有一天傍晚，太阳落山的时候奥利维亚把我们叫在一起，举办了一个祭奠仪式。几乎就和在葬礼上的感觉一样。除了我之外大家都哭了。我们还一起怀念了在来的路上就不幸遇难的乌里、米莱、维卡尔和朱利奥。我跟他们并不熟悉，但还是为他们感到难过。

奥利维亚并不是什么牧师。她要说的话太多了，我根本听不进去。

终于熬到最后，她用音响放了一首歌。这首歌听起来十分奇妙，是个女人唱的。女人的声音非常优美，听得我心都碎了。大家都有些吃惊，因为我们已经很久没听到过音乐了。飞船上并没有安装音响，而奥利维亚之前也从来没给我们放过任何音乐，肯定是为了省电。

我忽然意识到，我在这里还有同伴，我并不是一个人。队友们纷纷过来拥抱我。

歌放完之后奥利维亚放起了巴赫。

听到巴赫我终于也哭了。我哭得浑身颤抖，透过眼泪我发现阿里看着我，吓得脸色苍白。

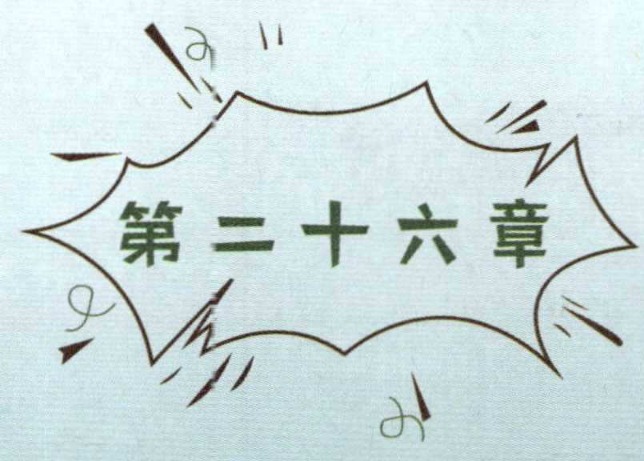

第二十六章

有一天我们分成了两队踢足球。我从来不记得以前曾经这么高兴过，虽然我一点也不喜欢这项运动。

我们逐渐习惯了在开普勒 62e 星球上的生活。我想，可能我现在的生活比在挪威的时候更正常。

但我还是喜欢一个人睡在外面，在天空之下，在我和阿里之前建起来的隔离区里。

我心中有一块红色黑色相间的沉甸甸的东西。我为那些漂亮而纤瘦的低语者伤心，兽人把它们的尸体堆在一起烧掉了。我大概是唯一因为草族灭亡而伤心的人。我觉得是我背叛了它们，它们全族被消灭掉全是因为我。

阿里和其他人一起住在主营地里，他想离乔尼近一点。乔尼还是有一点发烧，但他的情况每天都在好转。或许阿里不想再和我待在一起了，我真是个只会胡思乱想简直不可救药的小女孩。

我们都再也没有见到过哪怕一个兽人。现在低语者不在了，它们一定很高兴。

有一天斯温特莱纳建议我们所有人一起出发去营地外探索，寻找植物和昆虫。她带着个箱子，里面装着各式各样的小盒子、镊子、小铲子，还有玻璃瓶和小罐子。她个子高挑又强壮，有时候还会唱俄罗斯歌曲，虽然歌词我一句也听不懂，但我总觉得在她附近很安全。

为了给我们补充营养，斯温特莱纳和敏俊开始种一些植物。

在我们之前见到过的瀑布周围，我又一次听到了低语者在我脑中悄悄说话："什么东西越挖就越大？"

我的心跳暂停了整整三下。难不成这里还有低语者？

"坑。"我给出了和上次一样的回答。

“那个在盒子里的人很危险，对你们所有人都很危险。”

我深吸了一口气。

“那里面到底是什么人？”我问。

“明天一早来这里，就你自己。我们想帮助你。”

在那之后就寂静无声了。我感到自己脸颊上有一大颗泪珠滚落下来。

那是喜悦的泪水。

开普勒62号星系

62f
62e
62d